Egidio Trambaiolli Neto

Histórias de valor

Denise Rochael
ilustrações

1ª edição
2ª reimpressão

© 2010 texto Egidio Trambaiolli Neto
ilustrações Denise Rochael

© Direitos de publicação
CORTEZ EDITORA
Rua Monte Alegre, 1074 – Perdizes
05014-000 – São Paulo – SP
Tel.: (11) 3864-0111 Fax: (11) 3864-4290
cortez@cortezeditora.com.br
www.cortezeditora.com.br

Direção
José Xavier Cortez

Editor
Amir Piedade

Preparação
Roksyvan Paiva

Revisão
Alexandre Ricardo da Cunha
Fábio Justino de Souza
Rodrigo da Silva Lima

Edição de arte
Mauricio Rindeika Seolin

Assistente de arte
Carolina Regonha Suster

Impressão
EGB – Editora Gráfica Bernardi

Dados Internacionais de Catalogação na Publicação (CIP)
(Câmara Brasileira do Livro, SP, Brasil)

Trambaiolli Neto, Egidio
  Histórias de valor / Egidio Trambaiolli Neto, Denise Rochael, ilustrações. – 1. ed. – São Paulo: Cortez, 2010.

  ISBN 978-85-249-1651-9

  1. Poesia – Literatura infantojuvenil I. Rochael, Denise. II. Título.

10-09509   CDD-028.5

Índices para catálogo sistemático:
1. Literatura infantil   028.5
2. Literatura infantojuvenil   028.5

Impresso no Brasil – janeiro de 2015

*Lembro-me de quando eu tinha uns 6 anos
e meus pais compravam caquis bem madurinhos.
Depois que a gente os comia, sempre havia um ritual: meu pai abria
cuidadosamente a semente ao meio e, de acordo com o estágio de
germinação, dizia que a semente sempre nos mostrava um objeto.
Se o broto estivesse começando a germinar,
o fio longo e espesso era uma faca; se a extremidade estivesse já
oval, era uma colher, e se, já no terceiro estágio da germinação, o
fio tivesse três ramificações na ponta, era um garfo.
Eu, que achava aquela a melhor das brincadeiras,
queria sempre tirar o garfo, que era o tesouro mais raro.
Certa vez, eu estava chateado por só ter tirado facas nas últimas
sementes dos meus caquis enquanto meu irmão já havia
ganhado dois garfos, uma colher e uma faca.
Percebendo o meu desapontamento, meu pai abriu a semente
que faltava e... Que decepção, mais faca!
Então, ele sorriu e disse: "Ah, esta aqui não é uma faca.
É uma caneta! Isso quer dizer que você vai ser escritor!"
Na época, fiquei muito feliz. E não é que me tornei escritor?
Por isso, dedico este livro ao meu pai, que deixou, além de
saudades, uma lição de criatividade.*

Prof. Egidio Trambaiolli Neto

Sumário

O olhar de cada um 7

Adeus, Alladin 18

O rei da bola 26

Retalhos 36

Amizade Lealdade   Amor   Sinceridade

O olhar de cada um

> *É preciso aprender a enxergar além do limite da nossa visão.*

Compreensão   Reconhecimento
Igualdade   Direitos

– Oi.

– Oi.

– Você está morando na casa da esquina, não é?

– É, me mudei esta semana!

– Sou o Dedé, seu vizinho.

– Eu sou o Jonas. Legal te conhecer – respondeu o menino, com um sorriso amigo.

– Em que escola você vai estudar, Jonas? – perguntou Dedé.

– Na São Sebastião – respondeu Jonas.

– Olha, eu também estudo lá!

Dias depois, na escola...

– Oi, Jonas.

– Oi, Dedé. Puxa, estou gostando da escola! Já fiz amizade com o André, com o Keké e com a Dalila.

– Com o Keké? – perguntou Dedé em tom de espanto.

– Sim, ele parece ser bem legal!

– Mas ele é negro!

– Negro? O que é ser negro?

– É a cor dele! – explicou Dedé.

– Cor, o que é isso? Eu não sei o que é cor – disse Jonas.

– Bem, como eu posso explicar... A cor dele é escura.

– Escura, o que é escura? Eu não sei a diferença entre o claro e o escuro – comentou Jonas, com cara de quem não estava entendendo nada.

– Puxa vida, Jonas, assim fica difícil de explicar.

– Desculpe, mas eu não consigo enxergar as coisas.

–Sei – murmurou Dedé, meio sem jeito. – Bem, Jonas, vamos dizer que ele é diferente.

– Diferente? Eu também sou diferente de você. Eu não enxergo.

– Sim... Quer dizer, não. Bem, o caso dele é outro. Ele é negro, pronto! – resmungou Dedé.

Jonas não conseguia entender o que Dedé estava falando. Os comentários do amigo o deixaram confuso e vice-versa.

– Dedé... Não entendi, por que é tão importante saber a cor das pessoas?

– Quer saber de uma coisa, já não sei mais nada, você me deixou confuso!

E o sinal tocou... TRRRIIMMM!!!

– Preciso ir para minha sala, Jonas. Tchau!

Dedé ficou tão perturbado com a conversa que nem se lembrou de ajudar o amigo a encontrar a sua sala.

– Quer ajuda?

– Sim, quem é?

– Sou eu, o Keké!

Keké ajudou Jonas a encontrar a sala.

– Vamos estudar juntos! – explicou Keké ao sentar-se ao lado do amigo.

– Legal!

– Se precisar de alguma ajuda é só falar! Vou sentar do seu lado.

Keké auxiliou Jonas nas tarefas, acompanhou-o durante o intervalo e até se ofereceu a levá-lo para casa.

– Oi, Jonas!

– Oi, Dedé. O Keké vai me acompanhar até a minha casa. Quer vir junto?

Antes que Dedé pudesse responder, Keké exclamou, assustado:

– Ih, esqueci meu boné na sala, já volto!

Dedé tocou no ombro de Jonas e falou, meio envergonhado:

— Obrigado!

— Pelo quê? – perguntou Jonas.

— Você me fez enxergar.

— Enxergar o quê?

— Que o preconceito está nos olhos de quem o vê.

— Pode até parecer estranho – comentou Jonas. – Eu não vejo com os olhos, mas aprendi a enxergar com o coração.

A partir daquele dia, Jonas, Keké e Dedé tornaram-se grandes amigos.

Conheça o Alfabeto Braille.

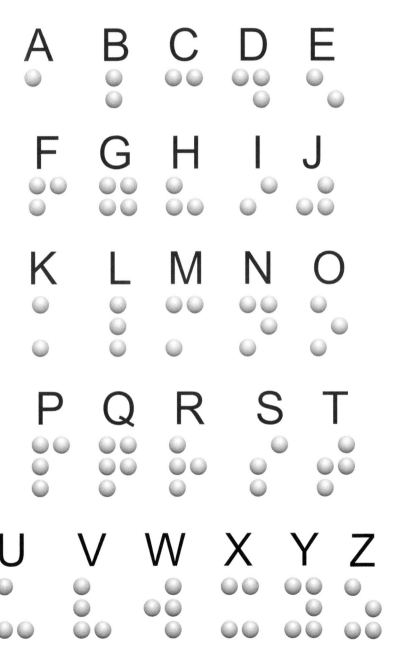

Lealdade   Amizade   Amor   Realidade

Adeus, Alladin

> Existem coisas que jamais gostaríamos de que acontecessem...

Companheirismo   Felicidade

Parceria   Carinho

A tristeza tomou conta do coração de Carol. Seu cachorrinho não vivia mais.

– Oi, Carol, por que você está chorando? Brigou com seu irmão outra vez?

– Não, Evelyn (sniff), foi o Alladin. Ele morreu!

– Puxa, que triste!

– Ele ficou doente e acabou morrendo.

– Eu também já tive um cachorro que morreu antes de me mudar para cá. Era o Sansão, um bóxer desse tamanho. E eu gostava muito dele! Eu e o meu primo Márcio vivíamos brincando de esconde-esconde com ele... Sansão tinha um faro tão bom que, quando a gente se escondia, ele sempre nos achava pelo cheiro! Bem, o meu primo era sempre o primeiro a ser encontrado. Acho que era por causa do chulé dele...

– Puxa vida, você perdeu seu cachorro e ainda consegue ficar alegre.

– Sabe, Carol, quando o Sansão morreu, eu e o Márcio ficamos muito tristes, mas meu tio Chicão disse que a vida era assim mesmo, todos um dia acabam morrendo.

— Mas o Alladin só tinha 8 anos e os *yorkshires* podem viver até os 14!

— Carol, você mesma falou: **podem** viver até os 14 anos. A vida não tem regras!

— Mas eu não queria...

– Ué, por que uma menina tão bonita está chorando? – perguntou o tio Chicão.

– O cachorrinho dela morreu!

– Igual ao Sansão! Evelyn, você contou para ela que você também teve um cãozinho que morreu antes de mudarmos para cá?

– Contei, mas ela ainda está muito triste.

— Vou te dizer uma coisa, Carol. Sabe por que a Evelyn e o Márcio não choram mais pela perda do Sansão?

— Não...

— Porque o Sansão continuará existindo no coração e na memória deles, enquanto viverem. Nada, nem ninguém conseguirá tirá-lo de lá! As lembranças são as coisas mais gostosas que a gente tem.

— Mas eu estou sentindo muita saudade...

— Claro, eles também sentem, só que agora lembram dele com todo carinho e muita alegria. Percebeu? Ainda hoje o Sansão continua deixando-os felizes.

— Eu também queria me sentir assim, mas é que dói tanto...

— Eu sei, mas com o tempo essa dor vai passar.

Dias depois, ao telefone...

– Alô, Evelyn?
– Oi, Carol!
– Você pode vir até a minha casa? Eu tenho uma surpresa! – disse Carol.

Pouco depois...

– Oi, Evelyn, venha ver uma coisa.
– O que foi?
– A Yasmin deu cria. Nasceram os filhotes do Alladin.
– Nossa, que legal!
– É como o seu tio disse, mesmo depois de partir, o Alladin continua me dando alegrias.

"Alguns de nós tombarão pelo caminho
e alguns se elevarão às estrelas.
Outros navegarão por entre os problemas
e outros terão de viver com suas cicatrizes."
(Trecho adaptado de *Circle of life*, música de Elton John.)

Ambição

Supremacia *Idolatria*

O rei da bola

Mais difícil que vencer é saber perder!

Superioridade

Rivalidade *Inimizade*

Era final de campeonato e Elvis não se continha: ia ver o jogo com seu pai, Rodrigo, e Adriano, seu melhor amigo.

– Vamos, Elvis, está quase na hora! – seu pai chamou.

– Oi, Adriano!

– Oi, Elvis! É hoje!

– O Will vai jogar, tio Rodrigo? – perguntou Adriano.

– Claro, Adriano, ele é o maior craque do time!

– Meu avô falou que o chute do Will é tão forte que chega na Lua!

– Mais do que isso. Papai disse que, toda vez que ele chuta uma bola, na Lua aparece uma nova cratera!

Mais tarde... O estádio irradiava uma euforia sem igual, havia torcedores de ambos os times por todos os lados.

– Pai, vamos ser campeões, não vamos?

– Estamos torcendo... Mas os Abelhas também têm um ótimo time.

E o jogo começou.

Quinze minutos depois... A bola estufou a rede dos Formigas e a torcida dos Abelhas comemorava o gol.

– Pai, vamos perder? – perguntou Elvis, assustado.

– Fique calmo, filho, o jogo está no começo. Ainda podemos mudar o resultado.

Trinta e seis minutos do primeiro tempo. Will pegou a bola, passou por um, passou por dois, chuta e...

– Tio, empatamos o jogo! – comemorou Adriano.

– Sim, Adriano, mas se for empate o título é dos Abelhas.

Chegou o intervalo. O nervosismo consumia os meninos. Elvis mal conseguiu beber o refrigerante e Adriano quase não comeu o cachorro-quente.

Começou o segundo tempo e, por vários minutos, as equipes não se aproximaram do gol adversário.

O tempo foi passando. Quinze, vinte, trinta minutos de jogo e os Abelhas conseguiam controlar o jogo, garantindo o empate que lhes daria o título.

Quarenta e quatro minutos de jogo. Will invadiu a área, driblou um dos zagueiros e quando se preparava para chutar... sofreu pênalti.

E a torcida explodiu de euforia... Os torcedores gritavam pelo ídolo. Will preparou-se para cobrar o pênalti, chutou no canto direito e...

– Não pode ser... o Will não podia ter feito isso com a gente! – gritou Elvis aos prantos ao lado de Adriano, que também chorava pela frustração.

– A culpa foi do Will, ele nos fez perder o título – Elvis lamentou.

— Espere um pouco, se não fosse o Will, não teríamos chegado ao vice-campeonato. Ele foi o artilheiro de nosso time. Ainda conseguiu empatar esse jogo nos dando esperanças até o fim – Rodrigo explicou para os meninos.

— Mas ele errou quando não podia errar! – falou Elvis.

— Todos nós temos o direito de errar. Assim como você errou quando perdeu sua agenda ou quando quebrou o meu celular, em todas as situações, eu soube compreender – esclareceu Rodrigo.

Dois dias depois, no *shopping*...

– Tio, olhe, é o Will! – falou Adriano apontando para o Will, que estava caminhando em direção a uma loja de calçados.

Rodrigo e os meninos apertaram o passo para alcançar o atleta. O coração de cada um batia freneticamente e a respiração ficava cada vez mais ofegante.

– Will, dá um autógrafo? – pediu Elvis.

– Claro, amiguinho, mas só se você não brigar comigo por eu ter perdido o jogo – comentou Will em tom de brincadeira.

– Não vou brigar, eu estou contente por conhecer você – falou Elvis, com um sorriso franco no rosto.

– Então, você me perdoa pelo meu erro? – perguntou Will.

– Pra falar a verdade, eu até estou contente por você ter errado o pênalti.

– Sério? Por quê? – perguntou Will.

– Se você tivesse acertado o pênalti, o mundo estaria tratando você como um mito do futebol e eu não poderia te abraçar, como fazem os verdadeiros amigos.

Sinceridade

Humildade

Dedicação

Respeito

Amizade

Valor

" Amigo é coisa pra se guardar

no lado esquerdo do peito..."

(Trecho de *Canção da América,* de Fernando Brant e Milton Nascimento.)

Retalhos

> *Para todos aqueles que descobrem verdadeiros tesouros escondidos nas pequenas coisas que o afeto pode proporcionar.*

Videogame? Discman? Skate? Bicicleta? Computador? Tênis importado?

Esses são alguns objetos de valor... Mas e os outros valores?

Era Natal, e a vovó Laura estava para chegar.

– O que será que a vovó vai me dar de presente? Acho que uma bicicleta! Não, um carrinho de controle remoto... Ou um computador!

Tiago viu pela janela a vovó Laura, descendo do carro do tio Léo. Seus olhinhos miúdos logo procuraram pelo presente.

– O pacote que a vovó está trazendo não é uma bicicleta nem um computador – pensou Tiago.

– Ah! Deve ser um *videogame*! – imaginou enquanto corria na direção da vovó.

– Vovó... Trouxe o meu presente?

Depois de um beijo gostoso e um longo abraço, a vovó falou:

– Trouxe, Tiaguinho, pegue – respondeu, entregando o pacote.

Ao pegar o pacote, Tiago sentiu algo fofo e pensou: não é um *videogame*.

— O que é isso? – perguntou o menino com a cara fechada.

— Uma colcha de retalhos, eu mesma fiz!

— Tiago, não faça essa cara – disse o tio. – A vovó Laura fez essa colcha com muito carinho!

— Eu queria uma bicicleta! – resmungou o menino.

Vendo a reação do neto, vovó Laura abriu um sorriso, sentou-se diante de uma mesa e estendeu a colcha sobre ela, para o espanto do menino.

— Está vendo este pedacinho de pano aqui? — perguntou a vovó.

— Tô! — respondeu Tiago.

— Ele pertencia ao seu avô, era de uma camisa que eu fiz para ele logo que casamos.

— E este aqui? — perguntou o menino apontando para um retalho que parecia familiar.

— Este era do primeiro pijaminha que eu fiz para você, não está lembrando?

A história de cada retalho da nova colcha rendeu uma longa conversa entre o menino e a vovó.

– Pois é... Mais do que uma colcha, este presente representa um pouquinho do passado da nossa família.

Aquele foi o melhor Natal de Tiago. Pela primeira vez ele percebeu que existem coisas mais importantes que presentes caros.

No dia seguinte, Tiago encontrou seus amigos.

– Oi, Tiago!

– Oi, Raquel, oi, Edu.

– Qual foi o presente mais legal que você ganhou no Natal? – perguntou Raquel para Edu.

Ele responde todo feliz:

– Ganhei um *videogame*.

– E você, Raquel?

– Um computador – disse Raquel.

– E você, Tiago, o que ganhou de mais legal? – perguntaram Raquel e Edu.

– O presente que a vovó Laura me deu...

– E o que é? – indagou Edu.

– Uma máquina do tempo!

Esses, sim, são os valores que importam!

Egidio Trambaiolli Neto

É paulistano, nascido em 21 de julho de 1959. É formado em Pedagogia, Ciências, Matemática e Química. É também pós-graduado em Bioquímica Aplicada. Atua na área de Educação há mais de 30 anos, em atividades ligadas ao magistério, à administração escolar, à coordenação de áreas de estudos e laboratórios.

Coordenou dois trabalhos de pesquisas científicas dedicados a portadores de necessidades especiais, premiados nacional e internacionalmente.

É também editor de publicações em vários setores, atuando como diretor-presidente no segmento editorial.

É autor de materiais didáticos, de dezenas de livros paradidáticos, centenas de artigos de revistas para alunos e professores, todos ligados à área da Educação. Muitos de seus trabalhos foram e vêm sendo traduzidos para outras línguas e estão sendo comercializados em vários países.

Atualmente, dedica-se ao desenvolvimento de projetos educacionais com foco na melhoria da qualidade de ensino do país.

Denise Rochael

É mineira e formou-se em Belas Artes pela UFMG. Autora e ilustradora de livros infantojuvenis, começou seu trabalho com literatura em 1986 e desde então teve vários livros editados.

Algumas de suas ilustrações viajaram para bem longe, participaram de exposições na Alemanha, Itália, Suíça, Estados Unidos e na antiga Tchecoslováquia.

Passou toda sua infância no interior de Minas Gerais e, quando pequena, achava que desenhar era o seu melhor brinquedo. Agora que já cresceu e faz livros infantis, sabe que o desenho é uma coisa séria, de muito valor, mas ainda se sente brincando quando desenha.